Trenerka

Eryka Sanders

Dominacja i erotyczne poddanie

Streszczenie

Erika uważa, że jej trenerka jest bardzo seksowna. Czy zrobi coś, gdy zostanie z nią sam na sam?...

Trenerka to powieść z silną erotyczną treścią BDSM i ponownie jest nową powieścią z **Dominacja i erotyczne poddanie**, serii powieści o wysokiej romantycznej i erotycznej treści BDSM.

(Wszystkie postacie mają ukończone 18 lat)

Erika Sanders jest znaną na całym świecie pisarką, która została przetłumaczona na ponad dwadzieścia języków i, z dala od swojej zwykłej prozy, podpisuje swoje najbardziej erotyczne pisma swoim panieńskim nazwiskiem.

indeks

TRENERKA
ERIKA SANDERS

Pomimo tego, że Erika była dość wyczerpana całodziennymi kursami w college'u, nadal starała się ćwiczyć na uniwersyteckiej siłowni. Potrzebowała tego. Szczerze mówiąc, była najgorszą zawodniczką w drużynie softballu.

Jasne, była już w dobrej formie, ale w porównaniu z innymi dziewczynami w drużynie po prostu nie była wystarczająco dobra i to cud, że w ogóle dostała się do drużyny. Zespół wymagał minimalnej liczby graczy, a Erika była tym minimum.

Po wykonaniu rutyny push/pull z różnymi maszynami wzięła oddech przed uderzeniem w mięśnie brzucha.

Wykonała trzydzieści powtórzeń w krótkich odstępach czasu na ławce, odpoczęła przez minutę, a następnie powtórzyła serię jeszcze dwa razy.

Kiedy walczyła na ostatnim planie, podniosła wzrok i zobaczyła twarz blokującą światło. Kobieta przypadkowo stanęła nad nią ze spoconą twarzą, z niechlujnym kucykiem i ręcznikiem owiniętym wokół szyi.

„Dalej, powtórzenia, powtórzenia, powtórzenia!" – zachęcała żartobliwie kobieta.

Erika natychmiast rozpoznała, że to trenerka Bethy. Przepchnęła kilka dodatkowych powtórzeń na brzuch, jakby chciała udowodnić swoją wytrzymałość, a potem wstała, by przywitać się z trenerką Bethy.

- Cześć - uśmiechnęła się, biorąc głębokie oddechy po treningu.

Trenerka Bethy odwzajemniła uśmiech. „Przepraszam, że przeszkadzam w treningu. Potrzebowałeś doładowania".

– Tak, staram się być w lepszej formie.

„Cieszę się, że ciężko pracujesz" – odpowiedziała trenerka Bethy.

- Skoro o tym mowa, byłeś tu przez cały czas? Nie widziałem cię.

Trenerka Bethy wytarła twarz ręcznikiem. „Byłem w saunie przez ostatnie pół godziny. Wcześniej przez godzinę ćwiczyłem cardio na bieżni".

"Ładny."

– Biegasz, Eriko? zapytała. „Jak często biegasz?”

„Nie tyle, ile bym chciał. Biegam częściej, gdy nie ma szkoły. Może 3-5 mil”.

"Wspaniały."

„Oczywiście nie mam takich wyników jak ty” – odpowiedziała Erika, zauważając, jak mięśnie trenera napinają się podczas oddychania. „Mam na myśli, mój Boże, twoja budowa ciała jest niesamowita”.

Trenerka Bethy napięła biceps. "Dzięki. Mnóstwo ciężkiej pracy."

– Mówię poważnie. Masz świetne geny.

„W pewnym sensie, ale szczerze mówiąc, jestem sprytny w mojej rutynie".

"Jakieś sekrety?" zapytała Erika. - Zabiłbym, żeby mieć takie ciało jak twoje.

„Po pierwsze, dziękuję, to słodkie. Po drugie, bądź dumna ze swojego ciała. Kobiety są dla siebie zbyt surowe. Myślę, że każda kobieta jest wspaniała na swój własny, niepowtarzalny sposób. Bądź sobą i noś to, co masz".

Erika skinęła głową. „Och, zdecydowanie zgadzam się z tym stwierdzeniem. Ale nie każda dziewczyna jest w drużynie sportowej. W rzeczywistości jestem w TWOJEJ drużynie, a nasze szanse na wygraną w meczach wzrosłyby wykładniczo, gdybym był w lepszej formie".

Dla dodatkowego efektu Erika zatrzepotała rzęsami, a trenerka Bethy się roześmiała.

„Opowiedz mi o swojej typowej rutynie treningowej i diecie. Jeśli mogę, dam ci kilka przemyśleń".

Erika krótko omówiła swój zwykły tryb ćwiczeń i plan żywieniowy; wszystko od tego, jak lubiła biegać i jakie ćwiczenia wykonywała.

– Chyba znalazłem twój problem – powiedziała trenerka Bethy konkludującym tonem.

"Co to jest?"

„Prawdopodobnie osiągnąłeś plateau. Wtedy twoje ciało jest tak przyzwyczajone do tej samej rutyny, że przestaje się dostosowywać, więc nie osiągasz już zysków".

Erika zacisnęła usta. „Hmmm... Ciekawe. Używam tej samej rutyny od lat, więc możesz mieć rację".

„Może podnoś większe ciężary lub spróbuj bardziej eksplozywnych ćwiczeń. Zmień rzeczy, znajdź coś zabawnego".

"Jakieś zalecenia?"

„Osobiście lubię pływać" – odpowiedziała trenerka Bethy. „Ma niewielki wpływ na moje stawy, wysoką intensywność i daje mi poczucie wolności, gdy jestem w wodzie".

„Boże, uwielbiałem pływać jako dziecko. Mniej, kiedy nasza rodzina przeprowadziła się do innego miejsca. W ogóle nie pływałem, odkąd przeprowadziłem się na studia".

„Proszę bardzo. Problem rozwiązany. Spróbuj pływać. Płyń ostro, płyń szybko, ale nie przemęczaj się zbytnio, bo inaczej nie będziesz w stanie prawidłowo trenować softballu. Jeśli połączysz to z dobrą dietą , zauważą duże zmiany w twoim ciele".

„Problem polega na tym, że wszystkie pobliskie baseny są zawsze zajęte" – jęknęła Erika. „Zwłaszcza basen uniwersytecki".

– To prawda, dlatego zawsze przyjeżdżam do kampusu wcześniej i pływam sama. Harmonogram pasuje mi idealnie.

„Sam pływać? To musi być miłe. Mogę tylko pomarzyć".

– Czy wyczuwam zazdrość? – drażniła się trenerka Bethy. „Tak, mam basen tylko dla siebie. Jest to dla mnie terapeutyczne, zarówno fizycznie, jak i psychicznie. To świetny sposób na rozpoczęcie pracowitego dnia".

„Jestem totalnie zazdrosny".

- Możesz do mnie dołączyć, o ile zachowasz to w tajemnicy.

"Jesteś pewny?" – zapytała Erika, zaskoczona propozycją.

„Dlaczego nie? Będzie ci niewygodnie?"

„Zależy. Czy jesteś seryjnym mordercą?"

Trenerka Bethy potrząsnęła głową. „Nie, ale mogę być seryjnym mordercą, który zabija innych seryjnych morderców, takich jak Dexter".

„U mnie działa" – odpowiedziała Erika, po czym przerwała, by pomyśleć. - Nie przeszkadzam ci, prawda? To znaczy, nie chcę zakłócać twojego prywatnego czasu.

„Bzdura. Będę na basenie o 6:45 w poniedziałek rano. Jeśli jesteś zainteresowany, bądź na czas i weź ze sobą ręcznik i strój kąpielowy. Będziemy mieć godzinę dla siebie".

- To randka - uśmiechnęła się Erika.

Trenerka Bethy spojrzała pytająco. „Ciekawy dobór słów. W każdym razie muszę iść i potrzebuję prysznica. Przepraszam, że przeszkadzam w treningu mięśni brzucha".

„Nie martw się. Mój abs i tak jest do bani".

Trenerka Bethy szturchnęła Erikę w brzuch. „Poniedziałek rano. Pokażę ci kilka dobrych ćwiczeń brzucha na basenie".

– Myślisz, że to zadziała na mnie?

„U mnie to zadziałało" – odpowiedziała trenerka, pocierając własny płaski brzuch, czując napięte mięśnie.

ROZDZIAŁ 2

Z całą powagą, Erika była zachwycona możliwością trenowania prywatnie z trenerką Bethy. W końcu ta trenerka była niesamowitą osobą iw fantastycznej formie.

W głębi duszy Erika zawsze marzyła o byciu tą dziewczyną. Dziewczyna, która oddała zwycięski strzał, a następnie cała drużyna podnosiła ją na ramiona, aby mogła paradować po boisku jako bohaterka. To było mało prawdopodobne, ale jednak fantazja.

W poniedziałek przyjechała punktualnie i przywitała się z trenerką Bethy. Po odblokowaniu basenu, włączeniu świateł i ogrzewania, udali się do szatni, aby się przebrać. Zakładały stroje kąpielowe w różnych miejscach w szatniach, żeby nie widzieć się nago.

Spotkali się na basenie, gdzie przez chwilę podziwiali swoje stroje kąpielowe.

— Czy to coś nowego? – spytała trenerka Bethy.

„Tak. Kupiłem go w weekend".

Wygląda na to, że jesteś gotowy do wyjścia.

Robili rozgrzewkę i rozluźniali kończyny przez kilka minut. Kiedy ich ciała były ciepłe, nurkowały w basenie i pływały na kolanach. Na początek normalne tempo. Następnie szybko pływali tam iz powrotem między dwoma końcami basenu, pracując nad swoją siłą i wytrzymałością kardio.

Po dziesięciu okrążeniach z bardzo krótkimi przerwami między nimi, oparli się o ścianę basenu z rękami na betonie.

- To było intensywne - prychnęła Erika, oddychając ciężko.

„Było. I uwielbiam to".

Tętno Eriki wróciło do normy. – Jutro na pewno będę obolały.

Trenerka Bethy uniosła brew. – Więc myślisz, że już skończyliśmy?

— Czyż nie? Erika odpowiedziała.

„Twoje mięśnie brzucha, pamiętasz? Nie chciałeś nad nimi popracować?"

„Myślę, że mam dość podstawowego treningu pływania na tych okrążeniach".

Sadystyczny uśmiech pojawił się na ustach trenerki. "Bzdura. Jesteśmy już w basenie, więc równie dobrze możemy zrobić to, po co tu przyszliśmy. Idź za mną. Oprzyj się plecami o ścianę, trzymaj się betonu rękami i unoś nogi. W ten sposób ".

Trenerka Bethy dawała przykład, opierając ją plecami o ścianę, opierając ręce na betonie, a następnie unosząc nogi tak, by jej stopy wynurzyły się z wody. Zrobiła kilka powtórzeń. Erika zrobiła to samo, ale walczyła po trzecim powtórzeniu.

- To trudne - westchnęła Erika, stawiając stopy z powrotem. „Jest o wiele trudniej, gdy woda zwiększa opór”.

"O to chodzi."

„Nie mogę iść dalej”.

„Oczywiście, że możesz, jeszcze tylko kilka powtórzeń”.

Erika wystawiła język. „Ughhh... możesz przynajmniej mi pomóc?"

"Jasne."

To wtedy trenerka włożyła ręce do wody, aby pomóc Erice, naciskając poniżej jej dolnych części ud, umożliwiając wykonanie większej liczby powtórzeń.

„To jest to, co nazywam treningiem" Erika uśmiechnęła się, gdy trener pomógł jej unieść nogi, aby wykonać jeszcze kilka powtórzeń.

- Jestem zaskoczony, że jeszcze cię nie odstraszyłem, szczerze mówiąc.

„Z treningu? Nie jestem najlepszym urodzonym sportowcem, ale też nie rezygnuję. Mimo, że przed chwilą próbowałem rzucić, jestem wytrwały, kiedy trzeba".

Erika kontynuowała unoszenie nóg w wodzie, podczas gdy trener pomagał jej w ruchach.

– Mam na myśli coś innego – powiedziała trenerka Bethy. - Nie wyglądasz na takiego. Dlatego jestem zaskoczony.

„Teraz jestem całkowicie zdezorientowany".

"Nieważne."

Erika opuściła nogi i spojrzeli na siebie. „W zeszłym tygodniu wspomniałeś coś o tym, że nie chcesz ze mną ćwiczyć. Teraz znowu coś sugerujesz. Czy jest coś, co mi umyka? To znaczy, jesteś seryjnym mordercą czy co? Obiecuję, że nie powiem. "

"Nie wiesz?" – spytała trenerka Bethy. „Jestem lesbijką. Chyba jesteś jedyną dziewczyną w drużynie, która jeszcze nie słyszała".

"Oh..."

– Nie dostałeś notatki?

- Nie wiedziałam, że taki istnieje - wzruszyła ramionami Erika.

„Rozumiem, że jest rok 2023 i nie sugeruję, że jesteś homofobem czy coś. Ale niektóre dziewczyny w zespole pochodzą ze środowisk religijnych, a ich rodzice wpłacają dużo pieniędzy na tę instytucję akademicką. To trudna sprawa. "

– Czy oni cię szantażują?

Trenerka Bethy potrząsnęła głową. „Nie, nic takiego. To długa historia. Ale w zasadzie niektóre dziewczyny z zespołu widziały, jak całowałem się z profesorką w szatni”.

„Kobieta profesor?" – zapytała Erika, ukrywając zdziwienie.

„Tak, profesorka. To było krótkotrwałe. Nauczyciel nie mógł czekać, wszedł i pocałowaliśmy się. Pomyślałem, że mamy wystarczająco dużo prywatności, więc pozwoliłem na to. jesteś. Rozmawialiśmy i zgodzili się zachować to dla mnie w tajemnicy. Jednak dziewczyny będą dziewczynami i wiem, że rozpowszechniają o mnie informacje. Zauważyłem, że niektóre zawodniczki w drużynie chichoczą, kiedy mnie widzą. Hej, takie jest życie, prawda?"

"To jest do bani."

„Co mogę zrobić? Nie jestem tutaj w uprzywilejowanej pozycji".

„Jest rok 2023, możesz być gejem, jak chcesz" – stwierdziła Erika.

„Wiem. Ale piętno będzie tam, a nie chcę robić rzeczy dziwnych, ponieważ często przebywam w pobliżu wybitnych członków tej instytucji. Członkowie, którzy, powiedzmy, są znacznie bardziej tradycyjni niż my. Nie to to zła rzecz. Tak po prostu jest".

„Dla przypomnienia, nie mam problemu z twoim stylem życia. Uważam, że jesteś wspaniały i niesamowity. I naprawdę mówię to z głębi serca".

– To wiele znaczy – uśmiechnęła się trenerka Bethy. „W każdym razie nie byłem pewien, jakie są twoje poglądy. Dlatego wahałem się, czy nie będziemy pracować prywatnie".

– Skąd wiesz, w którą stronę się obracam?

„Twoje oczy mają tendencję do wpatrywania się w moje mięśnie. Nie w moje piersi, nogi czy usta".

Erika uśmiechnęła się. – Myślę, że to dobry miernik.

„Cóż, lepiej wyjdźmy z basenu, zanim zmienimy się w suszone śliwki po tak długim przebywaniu w wodzie".

„Nie skończyłem z unoszeniem nóg".

„Czyż nie?" – zapytała trenerka Bethy, wiedząc, dokąd to zmierza.

„Jestem pewien, że mogę wycisnąć kilka powtórzeń. Bóg jeden wie, że mój rdzeń potrzebuje wszelkiej możliwej pomocy".

– Zakładam, że potrzebujesz pomocy.

Erika przywarła plecami do ściany i przywarła do betonu. „Nie mogę zrobić tych wznosów nóg na basenie bez twojej pomocy. Najwyraźniej nie jestem tak silny jak ty".

„Myślę, że zaangażowanie w swoją kondycję jest bardzo silne".

Trenerka Bethy sięgnęła do wody i ponownie umieściła ręce pod udami Eriki, pomagając jej unosić nogi w wodzie. Zmienił się nastrój między nimi. To było tak, jakby zbliżyli się do siebie dzięki informacjom, którymi się dzielili. Wiązanie zwykle dzieje się w ten sposób.

"Jak to jest?" – spytała trenerka Bethy. "Jeszcze płonie?"

„Mówisz o moim rdzeniu czy o twoich dłoniach blisko mojego tyłka?"

Trenerka Bethy westchnęła udając. „Odpowiedz, jak chcesz".

„Oboje płoną. W dobry sposób".

Kobiety uśmiechały się do siebie, a po kilku kolejnych powtórzeniach z asystą Erika błagała, by przestała, bo bolały ją mięśnie brzucha. Trenerka Bethy puściła i Erika położyła nogi na podłodze basenu.

– Jesteś niezłym sportowcem – pochwaliła trenerka Bethy. „Podoba mi się twoja etyka pracy".

Erika nagle się spięła. „Czy mogę cię o coś zapytać? To trochę krępujące, ale i tak chcę cię zapytać".

— Jasne, cokolwiek.

„Kiedy wiedziałeś? To znaczy wiesz, co mam na myśli. Ale kiedy wiedziałeś?”

Oczywiście trenerka Bethy zrozumiała pytanie. - Zawsze wiedziałem. Dlaczego? Czy moje instynkty mylą się co do ciebie?

Erika potrząsnęła głową. – Nie, cóż, nie wiem. To skomplikowane.

„Hmmm...” Trenerka Bethy zamruczała pod nosem. — Jesteś interesujący.

„Dlaczego? Ponieważ jestem dziwną kobietą i nie wpadam w stereotypowe pudełka?”

"Może."

„Cóż, to pocieszające" – odpowiedziała
Erika.

„Ciekawość jest w porządku. To zupełnie
naturalne. Ale nie jestem pewien, czy
jestem odpowiednią osobą, z którą
powinieneś rozmawiać. Jestem
pracownicą tej szkoły i obowiązują mnie
zasady etyczne".

„Jestem dorosły".

Trenerka Bethy wzięła głęboki oddech.
„Jeśli jesteś czegoś ciekawa, to jestem tu
dla ciebie. Wiem, że jesteś w trudnym
okresie swojego życia, będąc młodą
kobietą na studiach".

"Dzięki."

– Czy było coś konkretnego, o czym chciałeś porozmawiać?

„Jak doszło do pierwszego razu?" Erika zmusiła się, by zapytać. „To znaczy, ścigałeś tę drugą osobę? A może ta druga osoba ścigała ciebie?"

„Szczerze mówiąc, było to z wzajemnością. Mój pierwszy raz był mniej więcej w twoim wieku, kiedy byłem na studiach. Byłem współlokatorem z tą dziewczyną. Oszczędzę ci szczegółów. Ale wiedziałem, kim jestem. rzeczy. Jedyną rzeczą, która nas łączyła, było to, że naprawdę się polubiliśmy. Mieliśmy ze sobą świetną chemię i, co zaskakujące, pociągała mnie ".

„Wcale nie uważam tego za niespodziankę. Jesteś gorąca".

Trenerka Bethy uśmiechnęła się:
„Dzięki. Ale to był mój pierwszy raz. To
się stało pewnej nocy, kiedy razem się
uczyliśmy. Oszczędzę ci seksownych
fragmentów".

„Uczenie się, a potem całowanie. To
brzmi całkiem fajnie".

- Nadal nie mogę uwierzyć, że moje
przeczucia myliły się co do ciebie.

Erika wzruszyła ramionami. „Strzeżę
pewnych rzeczy na swój temat. Jestem
dobry w tajemnicach. Nigdy wcześniej
nie rozmawiałem z nikim na ten temat".

„Cóż, jestem zaszczycony. A teraz,
dlaczego pytasz? Czy masz kogoś na
myśli? Ktoś, z kim chciałbyś się
umówić?"

„O rany, nie. Przyznaję, myślę o niektórych moich koleżankach w ten sposób i nie miałbym nic przeciwko pocałowaniu ich, ale nikt jeszcze się do mnie nie ruszył".

Trenerka Beata roześmiała się. „Czy tak żyjesz? Czekasz, aż inni wykonają pierwszy krok?"

Erika skinęła głową.

– To nie jest dobra strategia życiowa – odparła trenerka Bethy. „W rzeczywistości jest to okropna strategia życiowa".

„Jaka jest alternatywa? Chodzić i podrywać dziewczyny w lokalnym barze? Znaleźć lesbijską aplikację Tinder na moim telefonie? Nie wiedziałbym, co robić".

"Hmmm..."

"Co to znaczy?"

Trenerka potrząsnęła głową.
"Nieważne."

"Nie mów mi."

- Nic. Po prostu pomyślałem, że skoro potrafisz dochować tajemnicy, dobrze się dogadujemy, a ty byłeś ciekawy, to mógłbym ci pomóc z twoim małym dylematem. Oczywiście byłoby to pogwałceniem etyki.

Oczy Eriki rozszerzyły się i nie starała się ukryć swoich emocji. Czy taka oferta naprawdę może leżeć na stole? Na samą myśl o tym krzyżowała nogi w basenie. Tego też nie próbowała ukryć. W rzeczywistości była pewna, że trenerka Bethy może wyczuć jej podniecenie emanujące z basenu za pomocą supermocy.

- Umiem dochować tajemnicy - pisnęła Erika.

„Zasady to zasady. Nie powinienem był o tym wspominać".

– Więc nigdy nie przekraczasz dozwolonej prędkości?

„To co innego".

"Jak?"

Trenerka Bethy zamyśliła się na chwilę.
– Przysięgasz, że nigdy nikomu nie powiesz?

„Przysięgam. Jeśli chodzi o sekrety, można na mnie polegać".

„Jeśli złamiesz tę obietnicę, karą jest śmierć".

Erika zatrzepotała rzęsami i skinęła głową. „Potrójna przysięga".

"Zamknij oczy."

I wtedy wszystko się zmieniło. Erika nie otwierała oczu, czuła przepływ wody wokół niej, a potem poczuła, jak para ust przyciska się do jej własnych. Pocałunek był przyjemny, miękki i namiętny. Tak powinien wyglądać dobry pocałunek. To było o wiele delikatniejsze niż jakikolwiek inny pocałunek, jaki kiedykolwiek czuła. Wrażenie ich stykających się ust wysłało przyjemne uczucie wzdłuż kręgosłupa Eriki.

Kiedy trenerka Bethy wsunęła język, Erika poczuła, że jej cipka mocno się zaciska. Jej nogi skrzyżowały się ciaśniej, a palce u nóg zwinęły. Ich języki walczyły przez kilka sekund, zanim trenerka Bethy się odsunęła.

„Możesz już otworzyć oczy" – powiedział trener.

Erika otworzyła oczy i zobaczyła piękną, uśmiechniętą kobietę. "To było..."

- Teraz już wiesz, jak to jest. Ciekawość odeszła.

- Podobało ci się? To znaczy, robienie mi tego.

Trenerka Beata skinęła głową. „Szczerze, smakujesz dobrze. Pysznie, nawet".

- Dzięki - Erika zarumieniła się. "Ty też."

- Musimy już iść. Mam zajęcia za jakieś pół godziny. To było miłe. Ale nigdy więcej tego nie powtórzymy.

"Dlaczego nie?"

– Bez urazy, dobrze? Do zobaczenia jutro na treningu.

Kiedy trenerka Bethy próbowała wyjść z basenu, instynkt i hormony Eriki wzięły górę, więc chwyciła trenerkę w talii i przyciągnęła ją do siebie, tak że znów się pocałowali. Erika zaskoczyła samą siebie, kiedy to zrobiła. Była jeszcze bardziej zaskoczona, że trenerka Bethy nie uderzyła jej w twarz.

Potem pocałunek się skończył i spojrzeli na siebie.

- Przepraszam, że cię tak złapałam - powiedziała Erika z nutą żalu. – Nie wiem, co mnie napadło.

„Jesteś młoda i lubisz się całować. Rozumiem to. Ale nigdy nie dominuj ze mną. To jest moja siłownia. Jestem twoją trenerką. Ja tu rządzę".

Teraz nadeszła kolej trenera, by przejąć kontrolę, przyciągając Erikę do jeszcze głębszego pocałunku, pokazując, jak to się robi. Pokazując prawdziwe poczucie kontroli nad sytuacją, trenerka nawet wsunęła rękę poniżej, odciągnęła dół kostiumu kąpielowego Eriki na bok i zanurzyła dwa palce, nie zatrzymując się, dopóki Erika nie nadeszła.

I Erika pojawiła się w mgnieniu oka.

ROZDZIAŁ 3

To było wszystko, o czym mogła myśleć, naprawdę. Po takim doświadczeniu, po co myśleć o czymkolwiek innym?

Dlatego dużym zaskoczeniem dla Eriki było to, że trenerka Bethy najwyraźniej potraktowała ją chłodno podczas treningu następnego dnia. Po raz kolejny trenerka zagrała faworytów i większość czasu spędzała na komunikowaniu się z czołowymi zawodnikami i udzielaniu ogólnych wskazówek. Było to zrozumiałe, biorąc pod uwagę presję na zwycięstwo zespołu.

Ale nadal nie całujesz dziewczyny, nie doprowadzasz jej do wytrysku w basenie i nie udajesz, że to się nigdy nie wydarzyło. To po prostu nie w porządku. Erika przynajmniej spodziewała się uśmiechu i pomachania na powitanie, ale nawet tego nie dostała

.

Co gorsza, trenerka Bethy poprosiła ją nawet, aby sama odłożyła sprzęt, ponieważ była to jej „kolejka sprzątania". Upewniła się, że została ukarana za swoje zbyt agresywne zachowania seksualne na basenie, a trener w ten sposób dał jej poznać, kto tu rządzi.

Zanim Erika mogła w końcu wejść pod prysznic, nie spieszyła się i wykorzystała okazję, by się zrelaksować. Pozostałe dziewczyny wzięły już prysznic, wyszły z szatni, a biedna Erika została sama. Umyła się i umyła włosy szamponem. Mogła myśleć tylko o tym, jak przeżyła to piękne doświadczenie z Trenerką Bethy, które w jakiś sposób zostało schrzanione.

Kiedy szampon zmył się i odgarnęła włosy do tyłu, kątem oka dostrzegła kogoś i odwróciła się, by zobaczyć stojącą tam trenerkę Bethy, wciąż ubraną w prostą koszulkę i spodnie od dresu, opartą o ścianę i wpatrującą się w nią.

Erika zakręciła prysznic i pozwoliła wodzie spłynąć z jej ciała. Nie miała problemu ze staniem nago przed swoją trenerką. Może dlatego, że była już tak wyczerpana; fizycznie z praktyki i emocjonalnie z jej postrzeganego złego traktowania. A może dlatego, że to było podniecające, gdy trenerka widziała ją tak nagą.

- Słodko wyglądasz w ten sposób - powiedziała trenerka Bethy z podziwem w oczach.

"Jak nago?"

Trenerka Beata uśmiechnęła się. „Tak, twoje cycki są ładne, tak jak je sobie wyobrażałam. Uwielbiam sposób, w jaki woda pokrywa twoje jędrne piersi i te różowe sutki, za które można umrzeć".

Uspokajające słowa sprawiły, że Erika uniosła brodę wysoko i skierowała pierś do przodu.

"Kontynuować."

Trenerka Bethy badała dalej. „Masz śliczną figurę. Miękką skórę. Ładny kształt. I ładny okrągły tyłek, w który chciałabym schować twarz".

Erika zacisnęła pośladki na samą wzmiankę o jego okrągłym kształcie.

– Może pozwoliłbym ci pobawić się
moim tyłkiem, gdybyś mnie dzisiaj tak
nie lekceważył. Czy nasza sprawa z
basenem nic dla ciebie nie znaczyła?

„Po pierwsze, jesteś absolutnie pyszny” –
potwierdziła trenerka Bethy. - Po drugie,
powodem, dla którego wyznaczyłem cię
do sprzątania, jest to, żebyśmy byli teraz
sami.

Cipka Eriki zacisnęła się. "Oh."

„Będę szczery; nie mogę przestać o tobie
myśleć. Ale jednocześnie nie chcę przez
to stracić pracy ani reputacji”.

– Potrafię dochować tajemnicy –
powiedziała Erika.

"Przeklinać?"

"Przysięgam."

„Dobrze, bo potrzebuję prysznica” –
odpowiedziała trenerka Bethy. – Czy
odkręcisz wodę i pomożesz mi się umyć?

Serce Eriki przestało bić. — Jasne,
cokolwiek.

Erika ponownie puściła wodę pod
prysznicem, obserwując, jak trenerka
Bethy zdejmuje ubranie w bardzo
swobodny sposób. Pod koszulką trenera
widniał czarny stanik sportowy
zakrywający małe piersi. Trenerka
zdjęła buty i skarpetki, stając boso na
podłodze; potem zdjęła spodnie,
odsłaniając majtki.

Najbardziej szalone było to, że trenerka
Bethy rozbierała się, jakby była sama.
Nie patrząc na nikogo. Bez wahania. Nie
ma w tym nic seksownego. Kiedy zdjęła

sportowy stanik i majtki, odsłoniła
swoje nagie ciało z opaloną linią bikini
wokół piersi i krocza. Jej piersi były
małe, ale jej brązowe sutki były duże i
już sztywne.

Erika pozostała zamrożona, gdy jej
trenerka podeszła do niej i weszła pod
wodę, aby się opłukać. Potem odsunęła
się na bok.

– Szampon – powiedziała trenerka,
odwrócona plecami. – W takim razie
użyj na mnie swojego peelingu.

„Tak, trenerze Bethy".

Erika gorliwymi dłońmi nałożyła na
dłonie odpowiednią porcję szamponu i
wtarła go we włosy swojego trenera.
Pieściła i masowała, aż wszędzie
pojawiły się białe, spienione bąbelki.

Mycie włosów innej kobiecie było zabawne i dziwnie erotyczne.

Następnie nadeszła przyjemna część. Erika umyła ręce pod prysznicem, a następnie nałożyła żel na peeling.

"Wszędzie?" zapytała Erika.

Trenerka Bethy odwróciła się w stronę Eriki, tak że stali twarzą w twarz, nadzy.

"Wszędzie."

Erika wzięła głęboki oddech i zabrała się do pracy nad ciałem Bethy. Zaczynając najpierw od „bezpiecznych" przestrzeni, takich jak ramiona i ramiona, czując beztłuszczowe napięcie mięśniowe. Potem przeniosła się na piersi. Jej oczy podziwiały linie opalenizny. Erika desperacko chciała uszczypnąć te duże brązowe sutki, ale nie miała pozwolenia, więc tego unikała. Niemniej jednak użyła peelingu, aby przycisnąć sutki i piersi, obserwując, jak lekko się poruszają. Nogi były zrobione jako ostatnie.

– A teraz odłóż zarośla – powiedziała trenerka Bethy. „Pocieraj moją skórę. Tak właśnie oczyszcza się ciała, prawda?"

– Tak – odparła Erika.

To była czysta rozkosz, kiedy Erika potarła gołymi rękami namydlaną skórę trenerki, czując jej napięcie i ciało. W końcu mogła poczuć te piersi, nawet potrzeć te sutki (chociaż wciąż nie miała odwagi, by je uszczypnąć). Pocierała nawet wysportowane uda, łydki i jędrny tyłek trenerki.

- Wszędzie - powiedziała trenerka Bethy, odwracając się plecami do Eriki. "Pocieraj moją łechtaczkę."

Erika westchnęła. – Nie boisz się, że ktoś nas złapie?

„O tej porze nikogo nie powinno tu być. Tak czy inaczej, lepiej się pospieszyć".

– Co dokładnie chcesz, żebym zrobił?

"Doprowadź mnie do orgazmu."

Erika przełknęła ślinę. - Racja. Chcesz, żebym odwzajemnił przysługę z puli.

"Mądra dziewczyna."

Erika przycisnęła przód swojego nagiego ciała do nagiego tyłka trenerki. Czułem się elektryczny. Następnie wyciągnęła prawą rękę do przodu i dotknęła krocza i zewnętrznych warg sromowych trenerki. To było jak błyskawica. Następnie potarła łechtaczkę trenerki. O Boże...

To było dość proste. Erika wdrożyła swoją normalną procedurę masturbacji dwoma palcami na cipce trenerki i reakcja była natychmiastowa. Trenerka Bethy jęknęła i odchyliła głowę z rozkoszy.

– Jesteś w tym taka dobra – jęknęła trenerka Bethy. "Gdzie byłeś całe moje życie?"

Erika nadal pocierała swoją łechtaczkę. „Teraz mogę być twoją asystentką trenerki".

„Dokładnie. Nieoficjalnie, to znaczy. Idealny do odprężenia w każdych okolicznościach. Nie przestawaj, mam zamiar dojść".

Słysząc te słowa, pod Eriką rozpalił się ogień . Trzymała mocno nagie ciało trenerki i pocierała wściekle.

Nagle ciało trenerki napięło się i odchyliła głowę jeszcze bardziej. Odetchnęła głęboko i wstrzymała oddech, jakby jej serce się zatrzymało, a potem wszystko wypuściła. Wszystkie jej codzienne stresy zniknęły w jednej chwili, zastąpione całkowicie przyjemnością.

– To była rozkosz – westchnęła trenerka Bethy.

„Wiesz, gdyby moje ręce nie były umyte mydłem, polizałbym teraz palce".

Trenerka Bethy odwróciła się tak, że stanęli naprzeciw siebie. „Czy to jest to, co zwykle robisz po masturbacji?"

„Jeśli mam odpowiedni nastrój".

"Dobra dziewczynka."

Zaśmiali się i pocałowali w usta. Potem weszli razem pod prysznic i pozwolili mydłu spłynąć do odpływu.

Kiedy zakręcili wodę, jeszcze trochę się pocałowali, a potem nagle to usłyszeli: rozmowy i śmiechy. Do szatni właśnie weszły dwie czy trzy dziewczyny.

– Och, kurwa – wyszeptała Erika z westchnieniem. – Musimy się ubrać.

„Nie ma czasu. Chodź za mną".

Trenerka Bethy chwyciła Erikę za nadgarstek i wyciągnęła ją spod prysznica, chwytając jednocześnie jej własne ubrania. Na palcach przeszli na tyły szatni, gdzie trenerka rzuciła jej ubranie na ławkę i przyłożyła palec do ust, żeby powiedzieć: „Ćśś...".

Stali tam w milczeniu, nadzy, a ich ciała ociekały wodą i słuchali rozmowy dziewcząt. Były to trzy zawodniczki z drużyny softballowej. Jak na ironię, była to ta sama grupa religijnych dziewcząt, która jakiś czas temu odkryła lesbijski sekret trenerki.

To pokręcone poczucie ironii sprawiło, że trenerka Bethy tylko się uśmiechała i

podziwiała piękno Eriki z bliska,
podczas gdy jej plecy były przyciśnięte
do szafki.

– Nie wydawaj dźwięku – szepnęła
trenerka Bethy.

Kiedy dziewczyny głośno rozmawiały
między sobą, język trenerki pocałował
Erikę, a Erika odwzajemniła pocałunek
tak cicho, jak tylko potrafiły.

Ale trenerka Bethy nie chodziło tylko o
całowanie. Nie ma mowy. Trenerka
opadła na kolana i spojrzała w górę z
diabelskim spojrzeniem. To natychmiast
zdenerwowało Erikę. Wiedziała, że jeśli
była zjadana przez swoją doświadczoną
trenerkę, nie mogła się powstrzymać.
Nie było wyboru.

Trenerka Bethy podniosła jedną z nóg
Eriki i położyła jej stopę na ławce,

pozostawiając Erikę z rozłożoną, mokrą cipką. Trener ponownie wykonał gest „Ciii...” i zaczął jeść, przyciskając ustami usta do warg Eriki.

Ze swojej strony Erika zacisnęła szczęki. Na wszelki wypadek Erika przycisnęła obie dłonie do ust, by stłumić wszelkie dźwięki, które mogłyby się wydostać. Zmusiła się do milczenia, gdy trenerka wygłaszała fachowy ustny występ; czując, jak język zanurza się i wysuwa, czując, jak jej wargi sromowe są zasysane, i od czasu do czasu, czując, jak gorący język migocze po jej łechtaczce.

Doprowadzało ją to do szału, zwłaszcza słuchanie, jak zawodniczki z drużyny opowiadają prymitywne dowcipy o swoim życiu seksualnym. Podniecające było również podsłuchiwanie tych graczy podczas tajnego lesbijskiego spotkania z trenerką Bethy.

Uczucia narastały w Erice i wiedziała, że wybuchnie. Bała się krzyczeć, bo zostaną złapani.

Dotknęła trenerki Bethy po głowie i wypowiedziała bezgłośnie słowa: „Zamierzam spuścić się tak cholernie mocno".

Zamiast się zatrzymać, trenerka Bethy wyglądała tylko na bardziej podnieconą i ponownie wykonała gest „Ciii...".

Trenerka Bethy wróciła do jedzenia cipki Eriki, tym razem z większą energią i zanurzyła dwa palce w podnieconej dziurze. To wystarczyło, by doprowadzić Erikę do szaleństwa. I to sprawiło, że skończyła.

Erika zakryła sobie usta dwiema rękami, robiąc wszystko, by nie krzyczeć. Poczuła napływ płynów do ust trenerki i przez chwilę zastanawiała się, czy trenerka Bethy wstanie i uderzy ją. Zamiast tego trenerka dalej ssała. Najwyraźniej trenerka Bethy lubiła to pić.

Kiedy to się skończyło, trenerka Bethy wstała i przytuliła swoją nową ulubioną zawodniczkę w drużynie, dotykając ich nagich ciał i twardych sutków. Stali tam, patrząc sobie w oczy, słuchając, jak inne dziewczyny wciąż rozmawiają. W ustach trenerki były płyny.

W końcu pozostałe zawodniczki odeszły i znów zostały same.

– Czy mogę ci zdradzić sekret? Zapytała trenerka Beata.

"Wszystko."

„To właściwie mój wielki fetysz. Robienie dziewczyn/dziewczynek w szatni w taki sposób. To dla mnie ogromny przypływ adrenaliny. Nie ma nic podobnego . Cieszę się, że mogłem tego doświadczyć z tobą".

Erika westchnęła. „Kurwa, to było takie cholernie gorące. Chyba znalazłam swoje nowe ulubione hobby".

„Witaj w moim świecie. Jesteś pierwszą zawodniczką w mojej drużynie, z którą kiedykolwiek się wygłupiałem, i nie wiem, co robić. Rozwiążemy to w miarę upływu czasu, zakładając, że chcesz kontynuuj. Tymczasem robi się późno i lepiej się ubierzmy.

Znowu pocałowali się w usta, ale tym razem Erika posmakowała własnego wytrysku na ustach trenerki. Kiedy trenerka zakończyła pocałunek, chwyciła swoje ubranie i odeszła.

– Poczekaj – powiedziała Erika, zanim trenerka Bethy zdążyła odejść. „Przepraszam za tryskanie ci w usta w ten sposób. Nie chciałem”.

Trenerka Bethy uśmiechnęła się: „Jak już mówiłam, jesteś pyszna”.

Sesja dobiegła końca i trenerka odeszła z ubraniem w ręku, z nagim tyłkiem kołyszącym się przy każdym kroku, by Erika mogła podziwiać.

KONIEC